青春編

サラリーマン・ノブやんの奮闘記

村松伸哉
MURAMATSU Nobuya

文芸社

はじめに

この本が世に出る頃に新型コロナウイルスが世の中にどのような変化を与えているのでしょうか？

世界中の多くの人が、もたらされた変化の中、不安を抱えながら過ごしているかもしれません。

ただ、未知の事態が与える脅威と不安にさらされながらも、人生を終える寸前まで、我々は懸命に生きるしかないと思います。

この地球に生まれ落ちた我々人間の魂は、いつか必ず肉体を離れる時が来ます。

ノブやんは、人間の魂は肉体の死後もあの世で生き続けると夢想しています。

死んでからエンマ大王の前に立ち、生きていた間にやったことを走馬灯のように見せつけられ、善行と悪行の相殺後に悪行が勝っていれば厳しい霊界へ（マイナスが大きすぎると地獄へ直行？）、善行が勝っていれば良い霊界へ魂が導かれるとも夢想しています（案外エンマさん、本当にいるかも⁉）。

死後の世界にはお金を持って行けません。金塊も、土地も、建物も持って行けません。持っていける貯金は、生きている間に行った善行と悪行とを相殺した後の差し引き結果であり、そして生きている間に頑張った経験であると夢想しています。

そう思うと、生きている間に思いっきり人生を楽しんで、苦しくとも魂に誇れる善行を積み、辛くとも魂に役立つ経験をするほうがお得と考えます。

人間死んだら終わりと考えるのは空しいでしょう。魂の旅は永遠に続き、生まれ変わり、生まれ変わりして経験を積んで脱皮して行くと夢想するほうが楽しいです。

これは、そんな夢想をしながら、サラリーマン修業を続けてきたノブやんの奮闘記です。

思えば長い間、サラリーマン生活を送ってきました。

41年前の4月、大学を卒業して某生命保険会社に入社し、24年半勤務しました。その後、退職し様々な会社を転々とし、初老のおっさんとなった今もサラリーマンをしています。

若気の至りの出来ちゃった婚、2度の渋い海外勤務、ひどい左遷、明らかな降格、度重なる転職、下座の修行のような業務……。

一方で、40歳代で初めてマイホームを買った後、何故か鬼のような自宅転売の繰り返しをしました……。

転職だけでも、8回もしてしまいました……。
新卒として入社：生命保険会社
1回目：居酒屋チェーン
2回目：外資系不動産金融会社
3回目：上場Jリート（不動産投資法人）の運用会社
4回目：外資系不動産投資運用会社
5回目：別の上場Jリートの運用会社
6回目：不動産私募ファンドの運用会社
7回目：不動産私募ファンド立ち上げのために新たに設立した会社
8回目：6回目の不動産私募ファンドの運用会社へ出戻りの転職

自宅の転売も5回し、今の自宅は6軒目です……。
最初の自宅：東京都港区三田の木造1軒家
2軒目：東京都文京区本駒込の中層マンション
3軒目：東京都文京区本郷のコンクリート造1軒家
4軒目：東京都港区赤坂のタワーマンション
5軒目：東京都港区元麻布の低層マンション

6軒目：東京都港区高輪の低層マンション

最初に勤めた生命保険会社での転勤も激しく、次男は小学校を3カ国にわたり5校経験しています……。

最初の小学校：米国ニューヨーク州ブロンクスビル
2校目：岡山県岡山市
3校目：埼玉県浦和市
4校目：神奈川県横浜市
5校目：オーストラリア ニューサウスウェールズ州テリーヒルズ

色々あった人生を振り返って、面白可笑しい人生のエピソード、失敗談、儲け話、大損話など書き綴っていきたいと思います。

これから、複数の本に分けて書き綴る予定です。この本では、22歳でサラリーマン人生を始めてから、最初の海外勤務を経て、34歳で日本に帰国するまでの12年間を「青春編」としてご紹介します。

寄り道話もちりばめていますよ。

なお、本書は回顧録ですので、基本的にノブやん（私）が経験したことをお話ししていきますが、記憶違いや、数値の覚え間違いもありましょう。よって、本文の内容に関する正確性や真実性に対しては何ら保証するものではありません。敢えて数値をあいまいに記している個所もあります。この点、悪しからずご了承願います。また、原則非開示のブログで書き綴った記事を本にしています。ブログ独特の表現と展開にもご容赦ください。

楽しみながら、一気に読んで頂ければとても嬉しいです！

さて、これから始まる「ノブやん」の身の上話を、どうぞリラックスしてお楽しみください！

もくじ

第1章　ああ、サラリーマン青春時代！

第2章　いざ、不動産投資の世界へ！

第3章　いざニューヨークへ、花のトレーニー！

第4章

ニューヨークのビジネスの世界へようこそ！

第1章

ああ、サラリーマン青春時代！

1　それは、福岡天神でスタートした

あれは41年前の5月のことでした。

大阪出身のノブやんは、某生命保険会社の入社研修を終えて、配属先の福岡勤務のために単身で博多駅に降り立ちました。

初めての福岡でした。博多駅で降りて、周りを行き交う人々を見渡した時、「わー、女性が皆、なんて美人さんなんだ！」と不思議に感動したことを今でも覚えています。

しかし、正直言って、右も左もわからない状態で、何とか天神にある福岡の支社に初出社しました。緊張し、誰彼もなくペコペコ頭を下げて挨拶しまくったことも、何故か覚えています。

その福岡で今の嫁（ノブ嫁）と知り合い、結婚したのですが、「誰にでもペコペコ頭を下げる情けない変な奴」と最初は思われていたようです……。

2　仕事に追われた青春の日々

ノブやんの福岡での最初の3年間の仕事は、「業務係」でした。

業務係の仕事は営業員さんの保険の販売促進のための企画（施策やイベントの企画）や月報作成、速報作成（成績締切日の機関ごと、個人ごとの成績を一覧表にして印刷して配布）や営業員さんの給与査定でした。

施策旅行について行っては男芸者をやり、速報印刷ではインクまみれになり、速報の数字を間違ってはお叱りを受け、毎日夜遅くまで汗をかきながら働きました。あの時代、皆がエコノミックアニマル、働きバチ、猛烈社員でした。

そんな中、慣れない福岡の地で、縁あって、ノブ嫁と付き合い、半同棲し、子供が出来ました。それがまた社内で大問題になり……。

3　出来ちゃった婚！

若い二人が半同棲して毎日のようにエッチをしていたら、子供も出来ましょう（計画性もなく、出来てしまいました……）。

子供が出来たとノブ嫁から告げられて、素直に結婚しようと思いました。

さっそく我が両親の元に行き、「結婚します！」と言ったら、大反対にあってしまいました。

とにかく気に入らない、とのことで別れて欲しいという強い要望……。

ノブやんの両親が反対なので、ノブ嫁の両親も同じく結婚に反対となりキした……。

困ってしまって、悩みに悩み、アホなノブやんは、ノブ嫁に、「ごめん、結婚できない」と言い、ノブ嫁の上司である支部長（40名ほどの保険営業員さんを束ねる女性の支部長）にも「すみません。親に反対されて結婚できません」と、言い訳をしました……。

すると支部長は、「何言っとうと。許せん。遊んで捨てるなど絶対許せん！」とすごい剣幕で言うので、優柔不断なノブやんは困ってしまい、とほほ……。

グズグズしているうちにノブ嫁のおなかは大きくなり、困ったノブやんは総務課長に「すみません。妊婦用の制服を○○さん（ノブ嫁のこと）に用意していただけませんでしょうか？」

と懇願。しかし、それがまた引き金になり、支社の経営陣の中で大問題になり、週一回の幹部会議はノブやんへの非難とノブやん左遷の話し合いで盛り上がったようだと後で聞きました……。

両方の両親結婚反対、支社の幹部の皆さんの非難、事情を漏れ聞いた周りの人たちからの非難、まさしく四面楚歌（東西南北四方とも敵に囲まれてにっちもさっちも行かない状況）に陥り、若いノブやんはどうして良いのかわからなくなってしまいました……。

そんな状況を察して、ノブ嫁はノブやんにやさしく、でも願うように言いました。

「あなた、結婚してもらわなくてもいい。だけど、おなかの中の子供は産む。ただ、生まれてきた赤ちゃんの認知だけはしてほしい（つまり子供に対して父親はしっかりいるのだと言いたかった）」と。

ノブやんはそのとき……へなちょこながらも男の決断をするのです。

4　勘当されても結婚する！

ノブ嫁の、「結婚してくれなくても良いから、生まれてくる子供の認知だけはしてほしい」という覚悟の言葉を聞いて、ノブやんは「結婚してノブ嫁と子供を養っていく！」と決意しました。

彼女を幸せにするとか、温かい家庭を築くとか、そんなかっこいい気持ちではなくて、親の反対を押し切って、男の責任で結婚する、というかなり悲愴な気持ちでした。

そう決意したので、休みに実家に戻って、「反対されているけど、結婚する、子供もできた」と報告しました。

その結果は……。「勘当する。二度と家に帰ってくるな」でした……。

そして、今でも良く覚えていますが、30万円を手渡されました。

おそらく、親なりに、薄給の新入社員が子供までつくって生活していくので、お金に困るだろうと察してくれたのだと思います。

吹っ切れたノブやんは、「問題児だ、左遷だ！」と非難しておられた支社の経営陣に、「○○さん（ノブ嫁）と結婚します！」と宣言しました。そして、その証拠として、ささやかながらも結婚式を挙げることにしました。

ただ、双方の両親が結婚を認めないので、結婚式には双方とも親が出席しません……。だから、親族も、友人も呼べません……。よって、支社の人だけに出席をお願いして何故か平日に休みを1日取って、人前結婚の形式で質素な式を挙げました。

ノブやんにはお金がなく、ノブ嫁の貯金で式の費用を出してもらいました。指輪もノブ嫁にだけ、安いリングを用意しました。おなかの大きさが目立ってきていたのに、ノブ嫁がどのようにしてドレスを探したのか、今もノブやんにはわかりません。

そんな結婚でしたので、結婚式の日に1日休んだだけで、新婚旅行もなく、次の日から普通に会社に出社しました。

今も時々思います、両方の親が出席して、友人も親族も出席して、ノブ嫁が皆に祝福される結婚式を挙げたかったな、と。そして、今はその点について両親にも謝りたいです。もっとしっかり両親を説得して、賛成してもらう努力をすべきであったと。

ただ、当初結婚に反対した両親でしたが、長男が生まれた報告には行きたいと思い、赤ん坊

の長男を抱いて報告に行った際に、結婚を受け入れてもらえました。本当に良かったです
……。

5　ああ、若い頃の金欠

ノブ嫁と子供を養う！　と決意して結婚したのに、ノブやんは安月給のくせに飲み会（付き合い）と無駄遣いで、給与を家庭に入れるほどお金が残りませんでした。

今もノブ嫁に言われます。「結婚して1年間は私の蓄えを取り崩して家族を養っていた」と……。そうなんです。上司から、「若い男の給与は女性一般職に奢るための分も含まれている」とか何とか言われて、散財していました……。

そんな状況も徐々に改善されましたが。

次回は子供（長男）の誕生のことを少し書きます。

6　長男誕生！

8月初旬の入籍結婚の日に入籍もしました。そして、その年の12月下旬に長男が誕生しました。

当時モーレツサラリーマン（当時は皆がそんな感じの日本社会でした）のノブやんは出産の日も仕事に没頭していました。

ノブ嫁の親のほうは結婚式に出席しなかったとは言え、可愛い娘の初産です、母親が岡山から出てきて、我が借り上げ社宅（会社が賃借人となり、従業員に住まわせてくれる社宅）に泊まってもらい、出産にも立ち会ってくれました。しかし、仕事に没頭していた時、病院の先生からノブやんに、「奥さんの容態が悪いので、至急病院まで来てください」との電話がありました。

何があったのかわからないまま、ノブやんは病院に飛んで行きました。

ノブ嫁は長男出産時に大出血し、容態悪化。輸血の最中にノブやんは病院に着きました。ノブ嫁の顔が真っ青でした。ノブやんは心配でパニックになり、どうして良いのかわからず、生まれた長男にも意識がいかず……。

しかしながら、お陰様で何とかノブ嫁は持ちこたえました。長男も元気に生まれて来てくれました。良かった……。

出産って大変なんだ、ということを強く認識させられた人生の一コマでした。

7　映画も良き映画を観たいね

ここで、コーヒーブレイクです。本日、ノブ嫁と『アルキメデスの大戦』という映画を観てきました。良かったです。この映画を観て、たくさんの若い人が数学を志してくれたらいいな、と思いました。単に娯楽というよりも、面白くて、さらに、観る人に何か良き影響を与える映画が好きです。

回顧録としては、少し時間を進めますが、ノブやんが保険会社で法人営業をしていたとき、西暦2000年頃ですが、大手の民間鉄道グループを担当していました。

当時保険会社の社内で作成している月刊誌（顧客への配布用の月刊誌）に様々な会社のトップとのインタビュー記事を掲載していました。保険営業の一環として、ノブやんもその鉄道グループの百貨店の社長さんとのインタビューを企画して、採用してもらうことになり、インタビューの場に同席しました。

その社長さんは、一言で言うと、深い教養に裏付けされた「gentleman」＝紳士でした。

その社長さんが、インタビューの中で語られたことは今も忘れません。

「『良き絵を観、良き音楽を聴き、良き書物を読む』、余暇の過ごし方において、このことを心がけている」

人間とは、とても簡単に悪にも染まり、善にも染まる存在であると思います。

ならば自分はどっちに進むのか、願わくば善に進みたいと思います。

それには、日々いかに過ごすかがとても大事だと思います。

この社長さんの醸し出すオーラは素敵でした。

日々何に接し、何を考えるかで人生は１８０度変わると思います。

当然顔つきも変わると思います。

今どん底の真っ暗闇にいる人、今からでも遅くないよ！

【暗闇にいる方々へのチコちゃんふうの叱責】

部屋にこもってエロビデオを見て興奮してんじゃねえーよ！

ドクロのメタル系音楽聞いて地獄気分味わってんじゃねえーよ！

不倫本読んで喜んでんじゃねえーよ！

今、想いがドロドロの暗い地獄ムードにある人は、何とか切り替えて周りの良きものに接してほしいと思います。
おっさんサラリーマンのノブやんも努力します。
次は、もう少し福岡での仕事の話をさせてください。

8　数字の世界は厳しい！　でも楽しさもあり

ノブやんが福岡の地でサラリーマン生活をスタートさせたのは、本社での1ヶ月研修を終えた後の１９７９年5月のことでした。

営業員さん（主としてセールスレディ）が１０００名ほどいる支社で、営業員さんを束ねる組織単位である支部・営業所の成績や成績優秀な各営業員さんの成績数値を、週2回の締め切り日毎に集計し、ガラ版印刷して、各支部・営業所・営業員さんに配布していました。

当時はコピー機などはなく、印刷は輪転機を回して行いました。たくさん印刷しているとインクが漏れ出して大変なことに。手もインクまみれになりながら速報を刷っていました。

数字も間違えたら大変です。支部・営業所の評価、支部長・営業所長・営業員さんの給与も数字（保険成績）がすべての世界でした。

よって、締め切り数値を間違うと印刷のやり直し、間違いに気づかずに印刷物を配布してしまうと、支部長や営業員さんから呼び出しを食らってお詫びに伺うことになります。数字の集計は算盤だった覚えがあります。当然当時はパソコンなどはありません。営業員さんの給与や賞与の支払いも支社で現金詰めしてお渡ししていました。成績優秀者の賞与は賞与袋が立ちました（一万円札が一杯で、現金を詰めた袋が立つのです）。

業績促進のために、毎月施策を打って、成績優秀者へはランク別に賞品提供、重要月（キャンペーン月）の成績優秀者には施策旅行を企画して1～2泊旅行に招待しました。

施策旅行は宴会が付きもの。若手の男は男芸者となって宴会を盛り上げなければなりません。ノブやんも施策旅行を引率し、夜の宴会では男芸者に徹しました。

ノブやんの得意芸はキャンディーズの「年下の男の子」を、手と足と腰をフリフリさせるボディランゲージで歌うことでした。結構ウケました。へへへ……。

厳しい数字の世界でしたが、支部長・営業所長、営業員さんは人情味のある良き人が多く、そういった営業の世界の人たちとの仕事は楽しいものでありました。

業務係という部署でそういった業績促進のための仕事に3年ほど従事し、その後奉仕係という部署で、保険金や給付金の支払事務を担当するようになりました。

支社には店頭があり、保険のメンテナンスに係る各種業務の窓口になっていました。奉仕係は店頭窓口も担当していました。

一般職の女性が数名いて、朝8時には出社し、9時から17時（当時）まで店頭で、お客さんの申し出対応をし、店頭を閉めてから20時まで溜まった書類の処理を行う、という仕事を毎日繰り返していました。

店頭へは苦情のお客さんも多く、また時々、今で言う反社会的勢力のお客さんも来店し、緊張を強いられる場面も何度もありました。そんな環境の中、女性の一般職員さんは皆本当に一生懸命でした。

ノブやんも、そんな一般職の皆さんに混じって、毎日がOn the job training（実際の実務を通じての訓練）という感じで真摯に頑張りました。

9　ああ、事務ミス

奉仕係時代のミスの話をします。

息子さんがバイク事故で怪我をしたということで、そのお母さんから電話で、「息子が無免許でバイクを運転していて事故に遭いましたが、保険は下りますか?」という照会がありました。

ノブやんは奉仕係に異動になって間がないため、保険約款をまだよく読んでいませんでした。隣の一般職の人に「このケース出ますか?」と照会したら、ノブやんの説明が不十分であったこともあり、「出ます」という返事。

ノブやんはそれ以上調べもせずに、診断書と給付金請求書の提出を依頼しました。その後請求書が来て、再度調べると、無免許運転の事故では給付金は出ないことが判明しました。

勉強不足、確認不足による事務ミスです。言い逃れもできません。しかし、出ないものは出ません。

ノブやんは自腹で、診断書作成にかかったであろう5千円と菓子折りを持って、そのお母さんの家に行って、誤った回答をしたことを謝罪し、お詫びとして、請求にかかった費用5千円と菓子折りをお渡ししました。

ご自宅は細長い質素な長屋の一部で、お母さんと息子さんは母子家庭でした。

お母さんが一生懸命働いて、息子さんを育てておられる家庭でした。

確かに無免許運転はアウトですが、万が一のために少ない収入の中から保険料を支払い続けて頂いていたのです。今回の事故で保険がお役に立てなかったのがとても残念でした。お母さんはノブやんに対して何の不満を口にすることもなく、淡々と給付金が出ないという事実を受け入れて頂きました。

世の中のすべての母子家庭のお母さんと子供さんに豊かさと幸せが訪れますように。

10　初めての転勤（福岡から大阪へ）

とにかく仕事には真摯に取り組み、夜は一般職員と一緒にディスコに行ったり、日曜日は近くの山の登山を企画して、これも一般職の女性を連れて行ったり、若手として平日も休日も会社の活動に没頭していました。

一時はノブ嫁との関係が不適切だと、左遷されかけていましたが、何とか結婚して責任を果たし、仕事も頑張っていたので、福岡支社で3年半経過した段階で、普通の転勤のチャンスがやって来ました。大阪の本社の不動産部に転勤となったのです。

この不動産部への転勤が、ノブやんのサラリーマン生活での中核を占めることになる、不動産投資とのお付き合いの切っ掛けとなりました。

第2章

いざ、不動産投資の世界へ！

1　不動産部の仕事と再度の転勤

1983年1月に福岡支社から大阪の不動産部に異動となり、大阪中之島の古い本社ビルに着任しました。大阪の岸和田市の蛸地蔵《たこじぞう》という駅が最寄り駅の借り上げ社宅から、毎日本社に通いました。

霜の降りたたんぼ道を、蛸地蔵駅まで歩いて通いました。

不動産部での仕事は新たに導入する予定のオフコン（事務処理のためのオフィスコンピューター）の導入業務でした。保険の販売促進や保険の給付金支払い事務から、急遽今まで縁のなかった不動産に関する、さらに何ら知識のないコンピュータ対応業務になったのです。本当に戸惑いました。また、本社の仕事は支社の仕事に比べて遙かに緻密で論理性を求められました。稟議書ひとつ作るにも先輩からの訂正指示が激しかったです。過去のやり方を調べ上げ、過去の事例をケーススタディしながら、見よう見まね的な感じで取り組みました。

一方で、その当時すでに不動産投資部門の中心を大阪の本社から東京本社に移すことがほぼ決まっていました。そのために大阪の不動産部所属の部員が数名、東京不動産部に異動になる運びになっていました。ただ、自分は恐らく5～6年はこの大阪の地で不動産オフコン業務に取り組んでいくのだろう、と覚悟していました。

よって、通勤時間は1時間15分～20分かかりましたが、不動産部では朝一番に出社し、何とか仕事をマスターして迷惑をかけないように進めようと真面目に取り組んでいました。そうしていると、「あいつは不動産部では新米だが、朝早くから真面目に仕事に取り組んでいる」と評価する人がいて、大阪にたった6ヶ月勤務しただけで、東京不動産部に異動となったのです。

ささやかながらも栄転でした。

この異動で、ノブやんの後の海外赴任の芽が出て来たのでした。

そして後に聞いたところでは、ノブやんを評価していただいた人は、何とノブやんの次に朝早く出社されていた当時の不動産部長でした。

新米にとっては雲の上的な存在の上司で、普段声をかけて頂くこともなかった人でした。ただ、毎日自分よりも早く出社して仕事に取り組んでいる姿を見て、コンピュータ関連ではなく、東京で不動産投資業務に従事させてやろう、という親心を持って頂いたようです。

本当に有難いことでした。その場その場で懸命に取り組んでいると、誰か見てくれる人がいるのだ、と実感しました。逆に、仕事に対して怠惰であれば、それも誰かがしっかり見ていて評価が下されるということだと思います。

この異動は東京での多忙な業務への突入開始でもありました。

（ノブ嫁は、福岡から大阪に転勤して少し落ち着きかけたと思ったら、たった6ヶ月で今度は東京へ転勤とは、引っ越しばかりで大変、とプンプンでした……）

2　忙しくても勉強しなければ！

当時の大手の生命保険会社は総資産20数兆円～30数兆円のガリバーで、そのうち、不動産資産の占有率は７～８％。つまり、不動産資産だけで２兆円前後の資産を保有・運用していました。

いまでこそ、大手不動産会社の不動産資産はすごいですが、１９８０年代は大手生保が大手不動産会社の資産を上回る日本有数の不動産所有会社であったのです。

生命保険会社の不動産投資は長期保有で、まず土地から仕入れて、オフィスビルを建て、テナントを入れて長い期間の賃料収入を享受するという投資スタンスでした。よって、ゼネコン（総合建設業者）さんにとっては大の得意先です。大きなオフィスビルの建築をドンドン発注してくれるのですから。

ノブやんの仕事は、まずオフィスビルのテナント入居にかかる事務と、既存テナントからの賃料収納の事務でした。新しくビルが次々竣工し、新規テナントも次々入居するので、てんてこ舞いの大忙しでした。

子会社のオフィスビル管理会社とのやり取りだけでも、毎日うんざりする回数の電話攻めにあいました。そんな中、宅地建物取引主任者の試験にも合格しなければならないというプレッシャーがかかってきます。

何とか疲れた身体と頭に鞭打って、休日中心に必死に勉強し、ギリギリ一回目の試験で合格しました……。ああ辛かった……。

そうこうしているうちに、担当業務が変わり、アメリカでの海外不動産投資に関する東京での窓口の仕事と、社宅用地の仕入れの仕事を担当するようになりました。

この担当替えにもきっかけがありました。

３　ああ、保険販売研修　その１

不動産部における担当替えの少し前の時期であったと思うのですが、保険販売の１ヶ月研修の順番がやってきました。

当時、入社３〜５年目で男子総合職員は全員順次、研修所に送られ、そこで寝泊まりして保険販売の１ヶ月研修を受けることになっていました。ノブやんも不動産部の仕事から離れ、大阪の研修所で１ヶ月の保険販売研修を受けることになりました。

最初の１週間で保険販売のアプローチ方法、業務フロー、契約書類の作成、被保険者の健康診断の取り進め等を座学で学びました。

その後、班単位（１班５〜６名で構成）で、保険販売にあたる地区を与えられました。そして、班で打ち合わせして班長を決め、与えられた地区をさらに個人別に区分けして、その区分けしたエリアでのみ、実際の保険販売活動を各自が行うことになります。

ノブやんが参加した班に与えられた地区には駅前エリアが含まれるとともに、駅から遠く田んぼが多いエリア（人口密度が低いエリア）も含まれていました。

ノブやんは何故か参加した班の中で一番の年長者でした。よって、当たり前のように班長に選任され、各班員のエリア分けを行うことになりました。班長なので、人口密度の高いエリア（駅前等）は他の班員に譲り、結局、ノブやんが保険販売できるエリアは、駅から一番離れた、田んぼが広がるエリアになってしまいました。

ノブやんは、福岡支社でセールスレディの保険販売促進の施策を打ったり、速報を作ったり、給与査定を行ったりはしましたが、実際の保険販売はまったく経験がありませんでした。他の班員も皆同じく保険販売を実際に行った経験はありませんでした。

素人集団による保険販売の実践研修です。座学の研修後で、実際に販売活動ができる期間は19日間でした。その間、班毎に競い合わせるために複数の締切日が設けられ、各班ごと、各人ごとの販売成績を発表させられます。

そして研修の最終保険販売実績は各自の元の部署にフィードバックされます。よって、成績なしの手ぶらや、貧績（みすぼらしい保険販売実績）では元の部署（ノブやんの場合は東京不動産部）に帰れない、というプレッシャーが皆にかかり、もう必死でした。

さあ、そんな中、与えられたエリアに飛び込み保険販売実践の口火が切られました。

4　ああ、保険販売研修 その2

「ピンポーン」とドアのブザーを押して、家からお客さんが出てこられると90度のお辞儀をして保険の勧誘のアプローチを行います。

素人のノブやんは最初ブザーを押すのが怖かったのです（情けないですが、本当です……）。そこで、最初の2日間ほどは、研修所の教官にお願いして、後ろ50ｍくらいから付いてきてもらい、ノブやんが軒並みにブザーを押して並びのすべての家に訪問をかけるのを見届けてもらいました。そうでもしないと躊躇してブザーが押せなかったのです。そんな軒並み訪問を毎日繰り返しました。当然、けんもほろろにインターホン越しもしくは玄関越しに、「保険お断り!」、「間に合ってます!」、「忙しい!」と断られるのがほとんどでした。

それでも、偶に話を聞いて頂ける家庭がありました。

ちょうど子供さんの保険の必要性を考えていたとか、子供が出来たのでご主人の保険の見直しの必要性を漠然と考えていたとか、です。

家の構えで選り好みすることなく、目に入る家すべてに軒並み訪問をかけたために、確率的にそういった潜在需要のあるご家庭に当たることができたのです。

結局、19日間休みなしに活動し、契約件数6件、合計保険金額8000万円の新契約を獲得することができました。

子供さんのいる家庭で使った話法で覚えているのは、「1000万円の保険を子供さんのお守りとしてご検討ください」という言葉でした。

頂戴した新契約の内訳は、一つのご家庭で、奥さん・子供さん2人の計3人に各々1000万円の保険、もう一つのご家庭で、子供さん2人に各々1000万円の保険、別のご家庭で、ご主人用に3000万円の保険というものです。

その他のご家庭でも、最後の最後まで頑張った先がありましたが、最後でご主人のGOサインが出ずに断念したケースもありました。


このご家庭は駄目だろう、と思っていたら3人分ご加入頂けたり、このご家庭はきっとご加入頂けると思っていたら、最終的に断られたり、本当に自分勝手な先入観で判断してはいけないということも身に染みて経験させて頂きました。

また、駅前のエリアではなく、田んぼだらけのエリアであったために、他の保険会社からの攻勢も比較的に少なく、うまくいったのではないかと思います。駅前の人口密度の高いエリアのほうが保険募集しやすい、という先入観がひっくりかえされた実例であります。

実際に駅前エリアを担当した班員の販売実績は好ましくなかったのです。

結局、ノブやんの6件、8000万円という保険販売実績は、その時の研修参加者の中での最高実績になったと覚えています。この実績を持って、東京不動産部に戻りました。

5　直会《なおらい》の付き人

ノブやんの保険販売実績は、東京不動産部の部長から好評を得、褒められました。資産運用部門である東京不動産部から送り出した保険販売の素人が、他の部門の研修生を抑えて一番の成果を挙げ、良く頑張った、と。

さて、当時、大きな建築案件だけでなく、小振りの社宅や営業所といった比較的規模の小さな物件の建築の際の地鎮祭においても、直会《なおらい》というゼネコン関係者を交えた食事会を行っていました。

直会とは：不動産建築の場合に、工事の着工前に建築予定地の更地に神主さんを呼んで地鎮祭（お祓い）の神事を行います。そして地鎮祭後に神酒、神饌《しんせん》を頂くことを直会と言いますが、この直会を近くの飲食店にて関係者による食事会に替えて行うケースがありました。

ノブやんはこの小振りの工事の直会に、ラジカセ（ラジオカセット）とカラオケ曲の入ったカセットテープを20本ほど、そしてマイクを持参して、部長のお供で参加するようになりました。

そして、食事の後に部長がラジカセでカラオケを歌うのです。ノブやんも他のゼネコン関係者も部長の歌を聴いて拍手喝采を送りました。何曲か部長がカラオケして、直会はお開きとなります。

この小振り建築案件の直会は、部長からすると、「取りあえず今回は小さな建築案件でも、しっかり付き合って、しっかり仕事をしてもらえれば次は大規模建築案件の施工を発注しますよ」というゼネコンさんに対する示唆の場でもあったようです。

そんな国内の建築関係の仕事に従事しながら、一方で、会社として新たに取り組みを始めた米国での不動産投資案件の投資採算分析の仕事にも従事しました。

パソコンもエクセルもない時代です。10年間の予想収益採算計算を手作業で行いました。一時期はホテルに泊まり込んで徹夜で計算に取り組んだりもしました。

海外不動産投資担当の上司の元、必死になって取り組んだ感覚を覚えています。

そうしているうちに、ついにニューヨークにおける不動産運用のトレーニー（研修生）の発令を受けました。

海外での研修の機会を頂戴したのです。これは、必死に勉強して宅建試験に合格したこと、保険販売研修で優秀な成績を挙げたこと、部長のお供で直会に参加して黒子に徹したこと、といった面が評価されたのだと思います。有難いことでした。

以降はニューヨーク赴任の話をしたいと思います。1985年12月から始まったニューヨークでの生活は結局、5年を超えることになりました。何回かに分けて、現地での苦労話やエピソードをお伝えしたいと思います。

第3章

いざニューヨークへ、花のトレーニー！

1　ニューヨークへ飛び立つための準備

ニューヨークへのトレーニー（研修生）での赴任が決まると、会社からの命で英会話教育会社へ2週間泊まり込みの英語漬け研修に派遣されました。

ノブやんともう一人、ノブやんの同期入社でロンドンへトレーニーで派遣されることになったA君とで研修を受けました。講師は米国人で2週間日本語禁止の研修でしたが、夜は解放されたので、同期のA君といろいろと人生について語り合ったことを覚えています。（結婚観や好みの女性の話がほとんどでしたが……）

2週間の泊まり込み研修が終わっても、赴任まで期間があったので、自費で別の英会話教室に土曜日であったと思いますが、せっせと通いました。正直言って、受験英語のレベルでは米国で実務研修を受けるには到底不足すると考えていたからです。

1985年12月にニューヨークへ発つのですが、実はこの時、ノブやんにはすでに5歳と2歳の二人の息子がいました。ただ、当時はまず6ヶ月間のトレーニーでしたので、単身で行くことになりました。

さあ、いざニューヨークへ、です。

2　ああ、マンハッタン　パーク・アベニュー！

１９８５年12月の初旬でした。ノブやんはニューヨークのＪＦＫ空港に降り立ちました。

当時の慣習で、駐在員は空港に迎えに来ず、自分で空港からイエローキャブ（タクシー）に乗って、マンハッタン島のグランドセントラル駅の上に立つパンナムビル（現在のメットライフビル）の駐在員事務所に向かいました。何とか無事にたどり着き、事務所に入る前にパンナムビルの前からずっと北に延びる目抜き通りのパーク・アベニューを眺めました。通りの両脇は堂々たるオフィスビルがズーッと遠方まで続いています。ノブやんはその時、不思議な高揚感に襲われました。何故か、「このアメリカの地で堂々とそびえ立つビルの数々を買いまくりたい！」という気持ちが湧き上がってきたのです。

そして、その高揚、願いは、ビジネスの中で実現されていくのです（後ほど記載して参ります）。

先輩駐在員の方に、居住用にマンハッタン島の中のアパートを用意して頂いていました。マンハッタンは東西に延びるナンバーストリート（例えば、52丁目：52nd street）と、南北に延びるアベニュー（例えばレキシントン・アベニュー）が交差して碁盤の目になっています。

会社に借りて頂いたノブやんのアパートは81丁目とファースト・アベニューが交差する場所にあった古いアパートの1階の一室でした。

防犯のために窓には鉄格子があり、外から見られないようにブラインドを下げていたので、常時暗いアパートでしたが……。

ノブやんは毎日バスでパンナムビル（42丁目＆パーク・アベニュー）まで通いました。

トレーニー期間について、プライベートな話を一つ、研修に関する話を二つ、エピソードとしてお伝えしたいと思います。

3　ああ、ウォートン・スクールのケース・スタディ　その1

アイビー・リーグ8校の中にペンシルバニア大学があります。

米国ペンシルバニア州フィラデルフィアにある設立1881年という伝統ある有名校です。

そのペンシルバニア大学ウォートン校がウォートン・スクールという米国有数のビジネススクールです。

ノブやんは米国不動産投資のトレーニーとしてニューヨークに来ていました。

当時、不動産投資現地法人がすでに設立され活動していましたので、現地法人にて仕事面で委託関係にあった不動産コンサルタント会社の伝手で、伝統あるウォートン・スクールの授業に出席する機会を得たのです。

いわゆるケース・スタディの授業に参加したのです。

有名なビジネススクールの授業は教授だけで行うのではありません。そのビジネススクールの卒業生で、ビジネス現場で活躍中の現役ビジネスマンが、ボランティアで、各自ひとコマのケース・スタディ授業の講師をしてくれます。それだけ有名ビジネススクール卒業生の結束は強く、実際ビジネス界で活躍している卒業生が多いのです。

卒業生は自らのビジネス上の経験から、ケース・スタディ用に課題を作成し、まず学生にその課題を提供し、２週間後に回答を持ち寄って議論する形式でした。

私が参加したケース・スタディは、次のようなものでした。

1．課題

ボストンのあるオフィスビルへの投資（購入）の機会がある。

その不動産投資を実行すべきか断念すべきかを収支分析に基づいて結論づけよ。

2．与えられた情報

物件のテナント一覧（名前はブランクだが賃料等の賃貸借契約の概要あり）、空室情報、年間の諸費用、公租公課といった経費情報。

3．売主の希望売却価格

〇〇百万ドル

学生は与えられた情報に基づいて10年間のキャッシュフロー表を作成し、毎年の収支や売値を基に、毎年のリターン（収支利回り）やＩＲＲ（投資内部収益率：売却益を含めた総合利回り）を計算し、自らの考えに基づき投資すべきか、断念すべきかを発表するのです。エクセルなどがないこの時代、収支計算は大変でした。

ただ、米国ではすでに1986年当時、10年間程度のキャッシュフロープロジェクションを作成し、総合的な利回り計算を行って、価格の整合性を確認し、投資の可否の結論を出していたのです。

つまり、今の不動産鑑定評価で使われている収益還元法に基づく価格の妥当性の計算が行われていたのです。

学生数人が選ばれて、それぞれ自らの投資判断につき、キャッシュフロー表に基づいて発表しました。きれいにタイプ打ちされた表もあれば、苦労の跡がにじむ手書きのキャッシュフロー表もありました。今でも覚えていますが、美人の女学生が、自ら作成したキャッシュフロー表と分析結果の利回り計算に基づき、「この不動産投資によって、投資家はIRRをXX%得られるので、是非投資すべきである」と、堂々と受講学生の前で発表した姿が忘れられません。一種の感動すら覚えました。

4　ああ、ウォートン・スクールのケース・スタディ　その2

このビジネススクールのケース・スタディでは正直に言って、正解がありませんでした。不動産投資を行う投資家の投資採算に対する考え方や嗜好によって、いろいろな正解パターンがあるからです。ＩＲＲ（投資内部収益率）が10％欲しいと考える投資家もいれば、ボストンのオフィスビルは是非欲しいので、ＩＲＲ５％でも購入すると考える投資家もいるからです。

さらに、キャッシュフロー分析を行ううえでの条件設定により、同じ物件に対する投資であっても、ＩＲＲの結果が変わってくるのです。

ＩＲＲとは、物件の賃料から諸経費を引いて毎年得られる収支残高に、将来の物件売却での資金回収時の売却益や売却損を含めて採算計算したもので、投資によって得られる総合利回りという風に考えてください。

ＩＲＲの具体的な計算について、ここで少し説明しておきます（説明をわかりやすくするため、融資は受けない前提とします）。

初年度の年頭に100億円投資して不動産物件を取得し、毎年5億円の収支残高を受領し、10年後に投資金額と同額の100億円で売却し、100億円の資金回収をした場合、IRRは5%となります（ここでは、取得時や売却時にかかる諸費用等は無視します）。

一方で、同じく100億円で投資し、毎年5億円受領しますが、10年後の売却時に120億円で売却した場合、IRRは6・48%に向上します。150億円で売却できればIRRは8・39%になります。つまり、10年後も今も、不動産マーケットは平行線を辿ると考えれば、今100億円の不動産は10年後も100億円の価値で止まりIRRは5%です。一方で、10年間で不動産マーケットは上昇基調を取り、10年後のマーケットは2割増しの価格になると考えれば、10年後の売却価格を120億円と見積もりIRRは6・48%に上がります。さらに、10年後のマーケットが5割増しになると考えれば、10年後の売却価格の見積もりは150億円となりIRRは8・39%となります。

どうですか。不動産マーケットに関する将来予想の違いで、IRRの数値が変わるのです。

IRR6%以上の物件に投資するというスタンスの投資家に、投資家Aと投資家Bがいたとします。両投資家に上述の100億円の不動産投資で毎年5億円の収支残高が得られる投資機会が与えられたとします。投資家AはIRRの計算において、10年後も不動産マーケットは変わっていないため、１００億円での資金回収になると考えます。

一方で、投資家ＢはＩＲＲの計算において、10年後の不動産価値は１２０億円に増加していると考えます。

この場合、投資家ＡによるＩＲＲは５％になり、６％に届かないため、この投資は見合わせ（行わない）という結論になります。一方、投資家Ｂの計算によるＩＲＲは６・48％になり、６％以上のＩＲＲが得られるので、この投資は実行する、ということになります。

このように、ＩＲＲ計算における条件設定の違いと、投資家の利回りに対する考え方（目線）によって、結論が変わるのです。

ノブやんは、ウォートン・スクールで学んだこのケース・スタディをもとに、20ページ程度の米国不動産の投資分析をテーマにしたレポートを作成し、東京不動産部に送付しました。

このレポートはその後、長い期間継続された海外不動産トレーニーの派遣の際に、トレーニーが赴任前に必ず読むバイブル的な存在になっていたと後日聞きました。

次は米国の証券会社における短期間のトレーニーでの経験について、お話ししたいと思います。

5　ＥＦハットンでのトレーニング

ノブやんは基本的にはニューヨーク事務所における海外不動産投資のトレーニーという位置づけでした。しかし、米国債の勉強もすべきということで、ＥＦハットン証券という当時老舗の米国の証券会社で１ヶ月間、米国債投資のトレーニー（研修生）として受け入れてもらいました。

当時ノブやんの勤務していた生命保険会社は、ニューヨーク事務所を通じて、米国株や米国債券にかなりの金額を投資していました。それらの有価証券の売買の発注は現地の証券会社を通じて行うことが多く、現地の証券会社にとっては、日本の生命保険会社は大得意先になっていました。

そんなビジネスの関係があったので、米国債に関しては素人のノブやんをＥＦハットンはトレーニーとして受け入れてくれたのです。

ノブやんはＳさんというベテラン日本人がリーダーを務めるチームに所属しました。

ブルームバーグという金融情報通信会社の提供する株式・債券相場が映し出されるコンピュータ機器と机・椅子を与えられ、生保のニューヨーク事務所から10百万米ドル（当時の為替レートでは約18億円）の予算を与えられ、Sさんの指導を受けながら、米国債の売買を行いました。

10百万米ドルのお金を、素人のトレーニーのために用意して、売買を任せてくれるのです。当時の生命保険会社は太っ腹で、投資人材を投資実践で育てるという有難いスタンスを持っていたのです。ただ、投資先を米国債に限定することで、損が出ても大きな損にはならないと考えてのことだったと思います。

証券会社の朝は早いです。毎日早朝に出社して、打ち合わせを済ませ、ランチの注文も済ませて、マーケットの開始を待ちました。与えられた机には引き出しトレイが付いていました。朝、黒人のランチの注文取り担当者が、フロアに席を持つ証券ブローカーもしくは売買トレーダーの各席を回ってランチの注文書を渡し、その後注文書を回収して去って行きます。

注文書で頼んだランチは、昼前に各自の席に届けられ、各自は机からトレイを引き出して注文したランチを置いて、ブルームバーグの画面と睨めっこしながら、ランチを頬張るのでした。つまり、外にランチに行く時間がもったいない、そんなことをしていたら相場に対応できない、収益を上げるチャンスを逸する、というのが当時の米国証券会社に勤める人々の気持ちでした。

次回は10百万米ドルでどのように米国債売買を行ったのか、少しお話ししたいと思います。

6　短かったが楽しかったな、ＥＦハットン……

ノブやんが行ったのは、今で言うデイトレーディングです。

10百万米ドルを預かって、何本かに分けて（3百万ドル2本と4百万ドル1本というように分けて）米国債を買い、その日のうちに売却して利益を得たり、翌日一番に売却して利益を得たりというトレーディングです。チャート（値の動きのグラフ）と睨めっこしながらグラフが下落して底であろうというタイミングで買いを入れて、その後グラフが上昇してその日の上限であるように思えるタイミングで売りを入れ、鞘を稼ぐというものです。昼も朝に頼んだランチを机のトレイの上において、ランチ（いつもサンドイッチでした）を頬張りながら、画面と睨めっこです。

儲ける場合もあれば、損切りすることもあるので、緊張しながら債券相場と勝負していました。でも、わくわく感があり、楽しかったです。

米国では当時（今でもそうかもしれませんが）、株や債券の相場の分析をファンダメンタリストが行うだけではなく、チャーティストも行っていました。早朝の会議で、ファンダメンタリストの分析官が所見を述べ、別途でチャーティストが所見を述べます。

ファンダメンタリストとは、経済や政治の影響を考慮してマクロ分析、ミクロ分析を行い、相場観を述べます。いわゆる経済学の教科書的な分析です。

一方で、チャーティストは相場の上げ下げの波・グラフを基にテクニカル（技術的）分析を行い相場観を述べます。日本でも昔からロウソク足分析という相場の上げ下げの波・上下の幅による分析を行っていました。これもチャーティストによる分析方法と同種のものです。

ノブやんの場合は、ファンダメンタルの状況は一応頭に入れながらも、売買はチャート（グラフ）の上げ下げのタイミングを見て行うというテクニカル分析主流のトレーディングを行ったのです。

胃が痛くなるような状況もありつつ、ワクワクドキドキの楽しい研修は1ヶ月で終わりました。

トータル6ヶ月の研修を終えて、いよいよ日本に帰るのだと思っていたところ驚いたことに、辞令が出て、ノブやんは勤務していた生保の米国不動産現地法人に出向となるのです。

7　家族がニューヨークに遊びに来た！

ニューヨークでのトレーニーの時期に家族が遊びに来ました。

このチャンスを逃すとニューヨークには旅行にも行けないとノブ嫁が考えていたからです。

1986年の4月に、ノブ嫁、長男（5歳半）、次男（2歳半）、ノブ嫁の母（ノブやんの義母）の4人がやってきました。ノブやんは、家族が揃って嬉しかったです。

ノブやんのアパートは細長いワンベッドルームでしたが、何とか5人で寝泊まりしました。空気を入れて膨らまして作るインフレーションベッドも買って、3週間、狭い部屋で難民的生活でしたが、それなりに家族も充実した生活を送ったようです。

平日はノブやんは会社でしたが、家族は買い物や旅行の計画作りを日本人が経営する旅行会社に相談に行ったりして、ノブやん不在でも小旅行に行ったりしていました。

こんなこともありました。

ある平日の朝、義母がアパートの鉄格子から道路を眺めていると、縦列駐車されたために奥に止めた自分の自動車が出せない人が、なんと縦列駐車の車の下に新聞紙を突っ込み火をつけたそうです。そして自分で消防車を呼んで消火させ、レッカー車を呼ばせて火で焼けた縦列駐車の車を退かせるという所業を行ったとのこと。

その一部始終を窓越に見ていた義母はもうびっくり仰天で、ニューヨーカーのすることは激しい、としばらく呆然としていました。

さて、次からは、トレーニー卒業後の現地法人に出向してからの米国不動産投資、そしてプライベートなニューヨークでの生活について、何回かに分けてお話ししたいと思います。

第4章　ニューヨークのビジネスの世界へようこそ!

1　〇〇〇 Lexington Avenue New York その1

ノブやんは１９８５年12月から１９９１年3月まで、最初の６ヶ月はトレーニーとして、残りの５年弱は米国不動産投資現地法人のスタッフとして、ニューヨークに駐在し仕事をしました。

日本のバブルの時期が重なりますね。ノブやんは家族共々、日本のバブルを経験することなく、ニューヨークで過ごしていたのです。

さて、ああ〜、一体どこから話を進めたら良いのでしょう。

米国における不動産投資は、相手方との交渉、契約書類の作成、弁護士等の専門家とのやり取りが複雑かつ大量に発生し、非常に骨の折れる仕事でした。

特に相手がユダヤ人の場合は、彼らは非常にタフな交渉人なので、本当に話をまとめるまで苦労しました。ノブやんはいくつもの不動産投資に携わったのですが、その中で２〜３つの印象に残っている取引について、そのやり取りを思い出しながら記載したいと思います。

ニューヨークのグランドセントラル駅から至近距離のレキシントン通り沿いに、当時北米有数の不動産開発業者（ディベロッパー）が新規に開発した〇〇〇 Lexington Avenue という大型オフィスビルがあり、ノブやんの会社に、そのビルに所有権転換特約付き不動産担保ローンを出すという投資話が持ち込まれました。

英語では Convertible Mortgage Loan と言いました。

2億ドルを優に超えるローンを提供する、金利数％のノンリコースローン（返済は物件からのキャッシュフローでのみ受ける）でしたが、当初3年間は物件所有者の金利支払い保証がつくというものでした。

そして重要な点は、10年後のローン満了時に、ノブやんの会社がローン残高の返済を求める代わりに、物件の約50％の所有権を得る（ローン残高を物件所有権に転換する）オプション（選択肢）を持つという点でした。

次回で少し交渉時の風景についてお話しします。

2　〇〇〇 Lexington Avenue New York その2

ＬＯＩ（Letter of Intent）という言葉を聞いたことはあるでしょうか？

ＬＯＩとは、米国不動産ビジネスの場では、基本的取引条件合意書というもので、原則当事者双方がサインして、その記載内容に沿って最終的な契約書を作成していくベースになるものです。日本の不動産ビジネスでは、ＬＯＩは現在でも購入意向表明書のような位置づけで、購入希望者が価格といくつかの停止条件（特定の条件が成就することを契約の成立条件とする）を記載して一方的に売主に対して提出するケースが多いようです。

ＬＯＩはその記載内容に法的拘束力を持たせるか否かで位置づけが幾分変わります。ノブやんの会社が大手不動産開発業者と結んだＬＯＩは、法的拘束力を持たせるまでには至らないものでした。ただ、お互いＬＯＩに記載した基本的取引条件をベースに、誠意を持って契約締結まで進めるというのが日本人ビジネスマンの考え方です。

しかしノブやんが相対したユダヤ人交渉担当者及びそのユダヤ人弁護士は違いました。

米国では政治・経済の要所要所をユダヤ人が押さえているというのがノブやんの個人的見解です。経済界では、金融業界、不動産業界、弁護士・会計士の業界で特にユダヤ系が強いというイメージです。本当に彼らはクレバー（賢い）で、勤勉で、タフなのです。だからビジネスの世界で、味方につけたいのはユダヤ人ビジネスマンで、敵にしたくないのもユダヤ人ビジネスマンです。

どんな交渉となるか、一端をご教示しましょう。

ＬＯＩから契約書を作り上げる過程で、彼らはＬＯＩの記載事項を少しずつ崩してくるのです。少しずつ小さな箇所（内容）から自分たちの有利になるように変える交渉をしてくるのです。

砂場で砂で作った小さな山を思い浮かべてください。

その山の形がＬＯＩの取引条件の形とします。

彼らは交渉によって、その山の裾野の部分から少しずつ砂を削るような取引内容の小さな変更の申し出を仕掛けてくるのです。こちらとしては、「まあ、それくらいならいいか」と譲歩するとします。今度は反対側の裾野の部分を少し削る交渉を吹きかけてきます。

早く取引をまとめたいと考えていると、「まあ、そこは何とか譲歩していいか」となり、ＯＫしてしまいます。

そういった小さな譲歩を何度も迫ってきて、その都度ＯＫしていると、最終的に山の形が崩れ、当初のＬＯＩの取引条件から大きく乖離《かいり》した、相手方にとても有利な契約内容の取引に変化してしまうのです。

こういった、したたかな交渉に対して、有効な対抗策があります。

ただ、ノブやんが苦労して身につけた秘密の交渉術なので、まだ公開しません。ご容赦を（第二弾、もしくは第三弾の「ノブやんの奮闘記」で公開しようかな〜）。

こんなタフな連中と交渉を続けながらも、何とか当初の基本的取引条件は損なうことなく、契約締結を見ることができ、無事クロージング（ローン実行と所有権転換特約等の権利の確保）しました。本当に精根尽き果てたという感がしたものです。しかし、真に米国でのタフなビジネスを経験でき、ノブやんにとって貴重な無形財産となりました。

次はワシントンＤＣのホテル取得の取引の話をしましょう。

3　□□□□□ワシントンホテル！

ワシントンDCに□□□□□ワシントンという、老舗のホテルがありました。当時世界銀行の総会はワシントンDCで3年に2回、米国以外の都市で3年に1回開かれていましたが、ワシントンDCで開かれる場合は、いつも□□□□□ワシントンホテルで開催されていました。それほど由緒ある有名ホテルでした。

その有名ホテルの49％の所有権をノブやんの会社は米国の某生保から購入しました。この交渉もノブやんが担当しました。購入価格は1億ドルを優に超える金額でした。単純な売買のようでしたが、実は、49％所有パートナーとしてホテルの共同運用を行う際の、売主とのパートナーシップ契約で揉めました。ノブやんの会社としてはできるだけいろいろな事項の決定に際して決定権に関与したいのですが、売主の方は51％の過半数を引き続き所有するので、できるだけ自分が決定権を持ちたいと考えるのです。

また、ノブやん側の弁護士と売主側の弁護士が小さな事項に関してもお互い譲らず、交渉に時間と労力を費やすことになりました。

ただ、先方と当方はお互い国は違えど、生命保険会社同士、機関投資家同士だったので、マインドや投資に対する考え方は似通っていて、正直お互い紳士的に取り進めました。最終的には弁護士同士が揉めても「もうこれでいい」とビジネスディシジョン（当事者同士の決定）で、ことを納めるように努めました。

今もその場面を覚えています。先方の担当者（偉い取締役の方でした）か、まだ若かったノブやんに、交渉開始の冒頭に、「今日は私が妻と結婚した結婚記念日（何年日かの節目の記念日）です。ディナーの約束をしています。残っているイシュー（未解決の契約上の論点）を早く合意して片付けて、本日の交渉を早めに終わらせましょう」と言ったのです。

もちろんノブやんも異存はありません。「是非弁護士同士ではなく、プリンシパル（当事者）同士で合意して終了させましょう」と返したのです。

しかし交渉を開始すると、弁護士同士が細かな法的項目にこだわって、バトルを始めました。お互い意地になってしまい、なかなか交渉が進みません。

結局、遅くまで取りまとめ交渉が続き、ディナーの時間にはもう遅い夜の9時過ぎ頃に、ようやくすべてのイシューに解決の目処が付いたのです。

あの時、先方の交渉担当の方は奥さんと遅いディナーを楽しめたのか、はたまたディナーをキャンセルされたのか、今もノブやんにはわかりません。でも最後まで席を立たず交渉に臨んで頂いたので、未解決のすべてのイシューに白黒をつけることができ、契約締結へ向けて大きく前進しました。

担当する弁護士の資質や能力で、取引交渉がスムーズに進む場合もあれば、遅々として進まず難儀する場合もあります。

このホテル購入の取引もノブやんにとって貴重な無形財産になりました。

だけどノブやんは、先方の奥さんに、「結婚記念日なのに、ご主人を遅くまで拘束してしまい、ごめんなさい」とお詫びしたかったです……。

次はニューヨークでのプライベートな面について、少し話をしたいと思います。

4　ブロンクスビル　その1

トレーニーから不動産現地法人のスタッフになる際に、ノブやんは家族をニューヨークに呼び寄せました。そして家族と共に住む場所に決めたのが、ブロンクスビル（Bronxville）、ニューヨーク郊外の閑静な住宅街でした。

マンハッタンのグランドセントラル駅から郊外電車（メトロノース）で30分でブロンクス駅に着きます。過去、故ケネディー大統領も住んでいた街で、大きなお屋敷が点在する高級住宅街です。

ノブやんが住んでいた頃は、白人の街で、白人の占める割合が恐らく95％以上で、マイノリティとしては、少数の日本人家族と、医者の香港人ファミリー1組が住んでいるだけという感じでした。黒人やヒスパニックは住んでいませんでした。

当時でも珍しいくらい、白人独占の街でした。

5　ブロンクスビル　その2

結局、ブロンクスビルには家族共々5年弱住みました。

そこを拠点として、ノブやん家のプライベートな生活が展開していきました。

家族をニューヨークに呼んだのが、1986年8月、長男5歳半、次男2歳半の夏でした。

ノブ嫁はずいぶん緊張した顔で、二人の散髪したばかりの子供たちを連れてJFK空港の到着ゲートから出てきたのです。どこか覚悟を決めて来たような雰囲気が漂っていました……。

ここでの生活は思い出一杯で、一体どこから話して良いやら……。

米国の学校は9月始まりです。日本では幼稚園の年長さんだった長男は、9月からいきなり、現地校であるブロンクスビル小学校に入学しました。アルファベットがわからない状態で白人の子供だらけの現地校に入ったのです。我が子ながら苦労の連続だったと思います。

幸いノブやんの上司ファミリーが同じブロンクスビルに住んでおられ、娘さんが同じブロンクスビル小学校だったので、その娘さんに通訳をしょっちゅうお願いしながら、何とか長男は英語での1年生を過ごしたのでした。

6　ブロンクスビル　その3

長男が入ったクラスは一組20名程度のクラスで、そんな規模のクラスが一学年に2～3組ありました。

20名の内、19名が白人のアメリカ人、1名が我が長男でした。

ブロンクスビル小学校では、クラス全員が一斉に同じ授業を受けるのではなく、10名ずつに分かれて、別々の授業を受けていました。10名は算数、10名は場所を移って美術という感じで。

また、第2外国語の授業も小学校からあり、いくつか選択肢がありました。

現地のアメリカ人はフランス語やスペイン語を学びましたが、我が長男は、ESL（English as a second language）のクラスで英語！　を勉強しました。

普通にしていたらとても授業についていけないので、英語の家庭教師を英語が堪能な日本人の女性にお願いしました。また、土曜日に日本語の補習校があり、日本語と算数を学ばせました。

少し学校生活に慣れてくると。チェスやサッカーも始めました。

とにかく長男はやることがいっぱいで多忙でした。また、理解できないことが多くて本当に大変であったと思います……。

次男のほうは、最初ブロンクスビルにある教会が運営している nursery school（幼稚園）に入学させたのですが、躾が厳しく、何かあるとすぐお仕置き部屋に入れられてしまう幼稚園でした。

英語のわからない次男は、先生の言っていることが当然理解できず、お仕置き部屋の常連となってしまい、アメリカ人不信に陥ってしまいました……。

そこで、ノブやんの上司から、「幼稚園をもっと規律の緩い私立の幼稚園に変えるべき」とアドバイスして頂き、Bronxville Montessori School という個人の個性を伸ばす教育を目指す幼稚園に転校させました。

一時期次男は「Hello が怖い」と言って、Hello と声かけしてくるすべてのアメリカ人を恐れるようになっていたのが、転校によって、その恐怖がなくなっていきました。

本当に一安心でした……。一度、幼稚園の自由時間に次男が何をしているのか覗く機会がありました。他の子供たちは、絵を描いたり、スポーツで身体を動かしたりしていましたが、何と我が次男は黙々とニンジンの皮を小さなナイフで削っていました……。でも自由にやらせてもらって良かったです。

ノブやん自身も、不動産投資に関する厳しい交渉で辛い思いをし、心安らずでしたが、長男、次男にもそれぞれ子供ながらの苦労をかけてしまいました……。

当然、ノブ嫁には子供のことも含めてニューヨークでの生活全般でいっぱい苦労をかけてしまいました……。

海外で現地人の環境の中に飛び込んで仕事や勉強、生活をしていくことは本当に大変です。

しかし、その大変な経験が後の人生の糧に必ずなると思います。

Beyond your comfort zone!　という言葉があります。

今浸かっているぬるま湯から出て、挑戦せよ！　という意味です。

あの時のノブやんファミリーは、皆正しくぬるま湯から出て挑戦していました。

7　小休憩　その1

ここまで30年以上前のアメリカでの生活について回顧中ですが、ここで少し休憩させてください。

ノブやんは今も現役サラリーマンです。

今日（２０１９年９月９日）は、関東で働くサラリーマンの皆さんは出勤に難儀されたと思います。台風15号が首都圏直撃でしたのでね。ノブやんも幾分苦労しましたが、８時15分には出社しました。ノブやんは都心に住んでいます。それで影響が少なかったのです。

以前に生命保険会社で総務課長に任命されたことがあり、その時に「総務課長は災害時に這ってでも本社に出社しなければならない！」と暗に命じられ、その際に初めて都心に無理をして家を買ったのです。それまでは郊外の借り上げ社宅住まいでした。

それ以来、自宅は結構転々としたのですが、何かあるときにも会社に遅れずに行ける都心に住み続ける、ということを意識してきました。いつもはＪＲから地下鉄に乗り継いで出勤しますが、今日は少し歩いて最寄りの地下鉄駅から一本で出社しました。

郊外のゆったりした住宅に住むという決断の人もおられれば、狭くても便利な都心の住宅に住むという決断をする人もおられましょう。ノブやんの決断は後者です。

明日は勝負どころの重要な会議があります。心を落ち着けて臨みます。

8　小休憩　その2

本日、時間をかけて苦労して作り上げた、定款の変更案と関連する主要社内規程の改定案の議案を取締役会に上程し、ノブやんが議案の説明をしました。

定款の変更は株主総会決議事項ですが、その前に取締役会での決議を得る必要があります。ところがなんと、それまでの経営陣メンバーでの会議体では承認を得ていたのに、取締役会で社外役員のほうから厳しいコメントを頂き、承認決議が得られませんでした。

仕切り直しです……。

これからの対応策をどうするか、考え考えしながら帰途についた次第です。

まだまだ世のサラリーマンのご同輩同様、悩める宮仕え状態のノブやんです。ああ、しかし辛い……。

9　ああ、中学受験！

アメリカ生活の続きはもう少しお待ちください。

今朝、何故か一番下の息子の中学校受験のことを思い出しました。

もう今から16年ほど前のことです。

息子は小さい頃からお医者さんになるのが望みでした。

身近な友達の死と祖父の死を目の当たりにして、病気の人を救いたい、という気持ちが強くなったようです。遅めの小学校4年生頃から塾に通いだし、中高一貫の進学校への入学を目指し勉強しました。


正月の1月2日でしたか、塾の先生に先導されて、希望校の校門の前から、塾生が5円玉を校門越しに学校内に投げ込むという願掛けをしました。

「ご縁（五円）がありますように」という願いを込めて。息子が皆と一緒に5円玉を投げ込む姿を、保護者として同行したノブやんは覚えています。結局息子は、3校ほど受験しました。

第一志望の学校の合格発表を息子と一緒に学校まで見に行きました。校庭の中にあるボードに合格した受験生の番号が貼られていました。

息子の受験番号はありませんでした……。

別の日に第二志望の学校の合格発表を息子と一緒に学校まで見に行きました。

この学校の校庭のボードにも、息子の受験番号がありませんでした……。

息子はすっかり意気消沈していました。ノブやんは息子の頑張りが報われず、可哀そうで、悲しくて、涙を流しました。

ノブやんは息子にかける慰めの言葉が出ませんでした。ただ、一緒に肩を落としてノブ嫁の待つ家に帰りました。


中学受験生を持つ親御さんの気持ちはノブやんは良くわかります。そして、希望校への入学が叶わなかった時の子供さんと親御さんの気持ちがわかります。ノブやんも受験番号を見つけられない、という悲しい思いを息子と一緒に経験してきましたから。


でも世の幼い受験生を持つ親御さん方、合格者リストの中に息子さん、娘さんの受験番号が見つからなければ一緒に落胆し、一緒に悲しみ、一緒に泣いてあげてください。

ノブやんは、その後に、きっとまた別の道が開けると信じています。

悲しみもあれば、喜びもあります。

結局息子は、小さい頃からの夢を叶え、今、若きDOCTORです。
でも、やっぱり、みんなが希望校に受かればいいね。頑張れ、幼い受験生たち！

10　グランドセントラル駅からブロンクスビル駅の電車

ニューヨークでの生活のことに戻ります。

当時、メトロノースの電車にはお酒を飲んでくつろぐことができる車両が一車両ありました。一日の仕事を終え、ああ今日も頑張った、という気持ちでグランドセントラル駅からお酒を給仕してくれる車両に乗り込み、ビールやジントニックを飲みながらブロンクスビル駅まで帰ったものです。

いつの間にかその車両はなくなりましたが、代わりにグランドセントラル駅の構内でお酒を出す移動式のスタンドが出現し、ノブやんはほぼ毎日ジントニックを買って、電車に乗り込んでちびりちびりとお酒を飲みながらブロンクスビル駅までの家路を楽しんだものです。１日の厳しい仕事を終えて、ほっと一息という時間でした。


次は、良く通った寿司屋の話をします。

11　ああ、竹寿司、東寿司！

グランドセントラル駅のすぐ近くに竹寿司という寿司屋があり、良く上司に連れて行ってもらいました。おいしかったです。

ノブやんはハマチとカンパチの違いがわからず、板長さんに良くからかわれたものです。

また、ブロンクスビル駅から北に4駅先のところに、ハーツデール駅がありました。

そしてそのハーツデールの駅近くに東寿司という寿司屋がありました。そこには土曜日の夜、しょっちゅう家族で寿司を食べに行きました。家内の運転で、まだ小学校低学年の長男と、幼稚園児の次男を連れて、通いました。いつもカウンターに4人で座り、子供たちはいつもマグロの握りばかり注文です。この寿司屋もおいしかったね。ささやかな幸せでした。

ニューヨークはノブやんから見て、仕事で勝負する街です。よって、今もう一度チャンスがあり、「ニューヨークで暮らすか?」と問われたら、答えはNOです。でも家族でニューヨークを再び訪れて、あの東寿司のカウンターでニューヨークの寿司をもう一度味わってみたいと思います。あの時のニューヨークでの家族生活が懐かしいね……。

12　ああ、誕生日パーティー！

ニューヨークでは、息子たちの誕生日に、クラス全員を呼んだり、クラスの男の子全員を呼んだりしてお祝いしました。

今も覚えているケースは次の通りです。

1、イタリアンレストランを借り切って、クラスの男子全員を呼んで、さらに余興にクラウン（ピエロ）を雇って、誕生日パーティー実施。食事は当然ピザ！

2、自宅にクラス全員を呼んで（一戸建ての比較的大きな家を賃借していた時期がありましたので）、誕生日パーティーを実施。会社の若手トレーニー（研修生）３名ほどに手伝いに来てもらって、子供たちの相手をしてもらいました。ノブ嫁は料理作り担当で大変でした。

3、ボーリング場を借り切って、クラスの男子全員を呼んで誕生日パーティーを実施。ボーリング会場との往復はバスを借り切って皆を乗せました。ノブ嫁の現地の友達（奥さん方）にも手伝ってもらいました。

景品を用意してゲームもやりました。

日本ではできない誕生日パーティーをやったという感じです。呼ぶクラスメイトはほぼ全員白人の子供たちでしたが、息子たちは本当に打ち解けて仲良く遊んでいました。

アメリカのハイクラスの子息は皆礼儀正しかったです。小学生でもノブやん、ノブ嫁に対して、Mr.とMrs.をつけて敬意を持って呼んでくれるのです。日本でしたら、おじちゃん、おばちゃんとしか呼ばないですよね。アメリカ人が日本人よりくだけていると思ったら大間違い。

少なくともノブやん家族が住んでいたブロンクスビルのお父さんお母さんは、子供さんに対して礼儀の教育も行っていたのです。Noblesse Oblige（高貴な人々の義務）の精神にも通じることかもしれません。

13　クッキング・エクスチェンジの序章

白人の街ブロンクスビルは日本人を受け入れてくれました。

１９７０年代に一人の日本人が街に住み始めたのですが、最初は嫌がらせにあったようです。卵も投げられたそうです。ただ、その人は信仰心厚いキリスト教徒で熱心に街の教会に通ったそうです。真面目で、誠実で、熱心な日本人信者は次第に街の人々に受け入れられたそうです。その人のおかげで、その後日本人が徐々に受け入れられたと聞きました。

よって、ノブやん家族がブロンクスビルに住み始めた頃は、すでに何世帯か日本人家族が住んでいたと記憶しています。また、奥さんが日本人でご主人がアメリカ人の弁護士という家族も住んでおられました。

さて、そういった日本人の奥さん方と、アメリカ人・ヨーロッパ人の奥さん方の間で、クッキング・エクスチェンジというお互いの料理を披露しあうプライベートな会があったのです。

14　クッキング・エクスチェンジ本題

当時のクッキング・エクスチェンジは日本人の奥さん5名、アメリカ人－ドイツ人の奥さん5名の、日本と欧米の間の互いの料理の交換会で、ほぼ毎月どこかのお宅で交互に料理を披露し合う会でした。今月は日本人側の料理の披露、翌月は欧米側の料理の披露という感じで奥さん同士の料理の交換会を行っていました。ノブ嫁はそのメンバーの一人でした。

そして数ヶ月に一度、各々旦那さんも招待して、どこかのお宅で夕食パーティーを開催していました。ノブやんも3回ほど、夫婦同伴のクッキング・エクスチェンジ・パーティーに参加させて頂いたのを覚えています。

その中でも特に印象に残るのが、ドイツ人ご夫妻のお宅でパーティーがあった際のことです。ブロンクスビルの丘には豪邸が建ち並んでおり、ハイクラスの方々はそこに住んでいました。そのドイツ人ご夫妻もその豪邸のひとつに住んでおられました。

皆さんはベルリンの壁の崩壊をご存知ですか。

当時ドイツは東ドイツと西ドイツに分かれ、米国とソ連の冷戦の象徴でありました。そしてベルリンという都市は東西に分断されていたのです。

そのベルリンを東西に分断する壁が１９８９年11月９日に取り崩され、東ドイツの人が西側に自由に移ることができるようになったのです。東ヨーロッパの革命を象徴する出来事で、これを皮切りに東ヨーロッパの共産国家が次々と倒れ、自由社会が東ヨーロッパにもたらされたのです。ドイツでは１９９０年10月３日に東西ドイツが統一され、一つの国家となったのです。ドイツ人ご夫妻は当然、当時西ドイツ人という立場でした。

クッキング・エクスチェンジのパーティーが、ドイツ人夫妻のお宅で開催されたのは、ちょうどベルリンの壁が崩壊した直後の時期でした。

社交活動をすることを英語で「socialize」と言います。

こういったパーティーではノブやんもノブ嫁も集まった人々とワインを片手に料理を楽しみながらSocializeしなければなりません。当然子供は皆ベビーシッターに見てもらって、大人だけのパーティーです。その時にノブやんが感じ入ったのは、ドイツ人の奥さんの満面の笑みと高揚した話し振りでした。

ベルリンの壁の崩壊で東西ドイツが一つになるということで、長年の夢が叶うという、本当に幸せいっぱい、奇跡が起こった、という感激の笑みと高揚でした。

あのとき、あの場所で西ドイツのご夫妻の国家統一という喜びの感情を間近に見られたことはノブやんにとって貴重な経験でした。

ベルリンの壁崩壊は、本当にドイツにおいて無血革命が起きた瞬間だったのです。

次はノブやんのニューヨークにおける仕事の失敗談を話したいと思います。

15　不動産投資には失敗もある

マンハッタンのグランドセントラル駅より10丁目分南に下った場所にペンシルバニア駅（ペン・ステーション）があります。金融街のウォールストリートより北に位置します。

このペン・ステーション近くで、古いビルのフル・リノベーション（完全改修）のプロジェクトに投資しないか、との話が舞い込んできました。

面白そうだ、よしやろう、となって、この案件もノブやんが担当しました。

プロジェクトには、主要テナントとして有名な百貨店が入り、多くの小売り専門店も入り、上層階の数階はオフィスにするという複合プロジェクトでした。

マンハッタンでも、グランドセントラル駅から北側、パークアベニューの南端方向へのオフィス街と、マンハッタンの南端の金融街（いわゆるウォールストリート街）は立地の優れた手堅いマーケットでしたが、ペン・ステーションの辺りは、オフィスとしては立地が劣っていました。また、商業施設としても、中級の立地でした。そして、百貨店としては、有名なメイシーズが至近距離で営業をしていました。

正直言って、投資採算検討が甘く、開発リスク（コストオーバーラン（＝予算超過）リスクや設計変更リスク、テナント付けのリスク等）に対しても考えが甘かったです。

当時著名なオフィス開発業者、商業施設開発業者、住宅開発業者の3者が協力して再開発するというプロジェクトで、信頼していました。プロジェクトコストは銀行融資とノブやんの会社からの出資（1億ドルを超える規模）で賄い、ノブやんの会社は50％の所有権を得るというものでした。開発の責任を負うのは開発業者3社でした。

ところが、プロジェクトスタートと共に問題が次々と襲いかかりました。

まず、面積変更です。有効面積が幾分減るという話になりました。

次はコストオーバーランです。当初の目論見よりかなりコスト増になりました。

プロジェクトが完成しても苦難は続きます。

まず主要テナントの百貨店が会社更生法（米国ではChapter11と言う、いわゆる経営破綻）を申請したのです。一緒に入居した多くの小売専門店も当然営業に悪影響がでます。また、オフィステナントが決まりませんでした。立地が劣るため、景気が悪い状況になると入居しないのです。ノブやんは、海外における不動産再開発案件の怖さを思い知りました。

もっと慎重にプロジェクトのことを調査してやるべきでした。ノブやんの会社生活の中で、最大の失敗仕事でした。今でも申し訳ない気持ちでいっぱいです。ごめんなさい……。

16　◇◇◇◇ Wilshire Boulevard!

別の投資話です。成功例です。

ロサンゼルスのオフィスビルの１００％所有権をノブやんの会社で購入しました。この取引もノブやんが担当しました。地元の不動産開発会社が開発した新築のオフィスビルでした。少し楕円の形をしたオフィスビルで、ノブやんの好きなビルのひとつでした。外観のデザインが美しく、映画でのロサンゼルスの街中の風景でよく映し出されているビルでした。

この取引の交渉で印象に残っているのは、ノブやん側の担当弁護士です。


売主との厳しい売買交渉で、ノブやんの味方となって一生懸命に一緒に戦ってくれました。この頃は不動産取引の場でノブやんが対応するのは全てアメリカ人という状況になっていました。初期の取引は日本語が堪能な弁護士についてもらっていたのですが、慣れてくると全て英語の世界になりました。そのほうが早いのです。相手先も直に英語での交渉を望んでいましたし。契約書面も全て英語で読み込み、売主との交渉もノブやん側の弁護士とのコミュニケーションも全て英語でした。

ノブやんとしては、担当弁護士が戦友のような存在になっていました。契約交渉は本当に2人で売主側に立ち向かう感じでした。

夜遅くまで戦い続け、ようやく取引の完成に至るときは、何とも言えない安堵感と充実感につつまれました。その時の担当弁護士は本当に優秀でナイスガイでした。

ニューヨークを離れて久しくなりましたが、今もクリスマスカードをもらいます……。

17　ブロンクスビル小学校　その1

長男はＡＢＣがわからないまま現地のブロンクスビル小学校に入学したことは先に述べてお伝えしました。

英語の家庭教師を日本人の奥さんにお願いし、先に入学していた日本人の娘さんに通訳で助けてもらい、いろいろと周りの人のサポートを受けながら小学校生活を送るのですが、当然クラスの他の生徒のようには授業についていけなかったと思います。

小学校1年生から2年生に上がる際に、校長先生とノブやん夫妻は長男の進級の件で面談しました。先生は、もう1回、1年生をやるように指導してこられました。語学面での観点からでした。

ノブやん夫妻は日本での常識しか持ち合わせていなかったので、病欠などしておらず元気に学校に通った息子に小学校1年生をもう一度やれとは言えませんでした（ただ、アメリカでは小学校の学年のやり直しは普通にあったようです）。よって、先生に、「息子は英語が劣るかもしれないが、算数は良くできる（実際に算数は万国共通なので、息子は得意でした）。英語も家庭教師をつけて上達させるので、何とか2年生に上げてほしい」と交渉しました。

交渉の結果、先生に折れて頂き、晴れて2年生に進級することができました。

さて、1年後、今度は2年生から3年生に進級の際に、また校長先生とノブやん夫妻とは面談がありました。

先生は2年生をもう一度やるように指導してこられました。

ノブやんは再度、「息子は算数が他の生徒よりできる。英語も追いついてきていると思う。引き続き英語はプライベートレッスンで鍛えるので、3年生に進級させてほしい」とお願いしました。他のクラスメイトと一緒に上の学年に上がらせたかったのです。親心です……。

結果、また先生には折れて頂き、3年生への進級を承認頂きました。「ああ、本当に良かった……」と思いました。

さて、その1年後、3年生から4年生に上がる時節がやってきました。ノブやんは校長先生からの呼び出しを覚悟していました。

しかし、もう先生から留年の話はありませんでした。息子は他のクラスメイトにいろいろな面で追いついていたのです。本当に良く頑張ったと思います……。

18　ブロンクスビル小学校　その2

ブロンクスビル小学校では、保護者も積極的にボランティアをしました。アメリカという国は、おそらく食事をするような感覚でボランティアに取り組む国ではないかとノブやんは考えます。ノブ嫁は折り紙の授業を頼まれて、長男の通訳（4年生になっていたのでもう英語がOKでした）の元、折り紙の授業を引き受けました。

折り鶴自体、それはもうりっぱなジャパニーズ・アートです！

また長男はアメリカの歴代大統領を初代から全て暗記しました。凄いと思いました。日本で言うと天皇陛下のお名前を初代神武天皇から小学生が全て暗記するという感覚です。アメリカの国歌が流れると、息子は胸に手を当てて国家を歌いました。そういった教育をすることで、モザイク国家であるアメリカはひとつにまとまろうとしていたのだと思います。

今はトランプ大統領の言動でいろいろと不調和音が聞こえますが、やはり、アメリカという国とアメリカ国民皆に幸あれ！　です。

19　旅行　その1（バミューダ）

ノブやんの会社の現地採用スタッフは、夏と冬に2週間ずつ休みを取っていました。日本人スタッフは夏と冬に1週間ずつ取っていた感じです。

いろいろ行ったつもりですが、ノブ嫁曰く、「あなたは出不精で本当に旅行が少なかった」とのことです。

それでも2～3、印象に残る旅行があります。

まずバミューダ島への旅行です。バミューダは良く「魔のトライアングルという地域で飛行機が消えたり、船が難破したりする」と言われたりします。真相はわかりません。

しかし、ノブやんはバミューダ島に家族で旅行し、ファンになりました。バミューダ諸島は米国のノースカロライナ州の東、北大西洋にある諸島で、英国の海外領土です。首都はハミルトンといいます。

島の中の交通はタクシーだけで、タクシー以外の車の運転が禁止されていたと記憶しています。

例えば、南のカリブ海の島国に降り立つと、現地の人が寄ってきて荷物を運ばせろとアプローチしてきますが、バミューダは豊かな英国領土（タックスヘイブンでもあります）で、住んでいる人は皆職業に就いていています。よって、空港に降り立っても、誰もやってきません。きれいな安全な島です。ハミルトンという首都もこぢんまりして素敵な英国領の街です。

暑くもなく、寒くもない、休暇で訪れるには最高の場所のひとつとノブやんは評価します。是非皆さんも休暇にバミューダに行ってみてください。

20　旅行　その2（カナダのケベック）

何故か寒い11月中旬に、家族でカナダのケベック州に旅行に行きました。カナダは英語とフランス語が公用語ですが、ケベック州はフランス語のみが公用語です。ケベック・シティでは、まるでお城のような「ル・シャトー・フロントナック」という豪華ホテルに泊まりました。

ケベック州は長らくフランス領でありましたが、18世紀の7年戦争でイギリスによりケベックが占領されて以降、イギリス領となってしまいました。

有名な滝を見に行ったりしましたが、凍っていました……。

とにかく寒いという印象と、英語で話をしても（理解してくれるのに）返答がフランス語で返ってきて困ったことを覚えています。標識は全てフランス語と英語の2つの言語で書かれていた覚えもあります。

今でもケベック州はカナダからの独立を訴える勢力があります。

いろいろな世界を見るということは大切だと思います。

21　旅行　その3（フェニックス）

家族でラスベガスからフェニックスへの旅を楽しんだこともあります。

ニューヨークからロサンゼルスまで飛行機で移動し、ロサンゼルスの空港でレンタカーを借りて、まずはラスベガスに行きました。ラスベガスでは、ギャンブルとショーを楽しみ、その後レンタカーでフェニックスまで行きました。

途中のグランドキャニオンではヘリコプターツアーに参加しました。フェニックスまでのアリゾナ砂漠（乾燥した台地でサボテン程度の草木しかない）では周りが何もない中、時々キツネが顔を出すような感じです。広々した開放的な気分になるドライブでした。

フェニックスでは結構良いホテルに泊まったのですが、ホテルの女性スタッフが皆グラビア写真から飛び出してきたような、若く美しい白人女性ばかりだったことを思い出します。

古き良きアメリカ南部、という感がしました。ニューヨークとは住んでいる人も雰囲気もまったく異なる解放感ある街というイメージです。ノブやんは、個人の好みもありますが、アメリカでは東部や西部よりも南部が好きです……。

南北戦争の時代にタイムスリップしたら、南軍についたかもです。

22 寄り道

余談ですが、ノブやんはノブ嫁と1980年8月に結婚しました。

それ以来、長い年月夫婦で過ごしてきました。

2020年8月に結婚40周年となります。40周年記念はルビー婚式と言うそうです。

これまで喧嘩も何度もしましたし、ノブ嫁は一時家を出てしまったこともありました。

ノブやんも、何でこの人と結婚してしまったのか……、と自己中心的観点から勝手に憤慨していたこともあります。それでも何とかここまで一緒に過ごしてきました。


今は子供が皆独立しているため、マンションに2人暮らしです。

16年一緒にいた愛犬も旅立ちましたので……。

私の経験から、夫婦のコミュニケーションのコツは、相手の話を素直に聞き入り、そして相づちをオウム返しのよう打つことだと考えます。

「宝石番組をテレビで観たの」と言われたら、「そうか、宝石番組観たか」と応える。

「きれいな宝石を紹介してたの」と言われたら「そうか、きれいな宝石やったか」と応える。

「一度お店に見に行きたいな」と言われたら「そうか、今度見に行こか」と応える。

そして実際に宝石店に宝石を見に行って、予算内であれば、奥さんの気に入った宝石を喜んで買わせて頂くのです（偶《たま》にですよ、毎回は困りますよね……）。

それが洋服でも、靴でも、陶器でも良いではありませんか。

世の旦那さん方、奥さんを常々幸せな気持ちにさせていれば、夫の運は3倍良くなるかも、です。

世の中のすべての夫婦・カップルの末永い安寧と幸せをお祈りします。

23 さらばニューヨーク

ニューヨークでの仕事、生活についていろいろと書いてきました。

そろそろニューヨークの話から、おさらばしなければなりません。

不動産投資では成功もしましたが、失敗もしました。基本的に失敗は1案件だけだと信じていますが、痛い思い出です。

ノブやんの転勤後でしたが、その投資からの撤退で大きな損を会社に生じさせてしまいました。ただ、大きな学びでもありました。基本的にニューヨークでの5年3ヶ月は経験することが全て学びでありました。

また、言葉も習慣も何もわからないまま来てくれた家族に感謝です。

ノブ嫁も息子たちも、生活、コミュニケーションに苦労しました。

しかし、何とか切り抜けてくれました。

今もそのシーンが瞼に残っています。すっかり学校にも慣れた頃、長男と次男が家で英語で笑いながら遊んでいるのです。ノブやんにはその英語の会話が良く聞き取れませんでした。

また、長男とタクシーに乗る機会があり、ノブやんがタクシーの運転手と英語で話をしていた時、ふっと運転手の英語が聞き取れない状況に陥ったのです。その時返答に困っていると、長男が、「パパ、あの人は○○と言っているのだよ」と通訳してくれたのです。長男はもうすっかりバイリンガルでした。

若い人に言いたいです。海外に飛躍できるチャンスに恵まれたら、是非家族で行ってほしいです。独身ならば、すぐ今の恋人と結婚してカップルで行ってほしいです。

一人で行くのはもったいないのです。家族で海外を経験して人生の糧にしてほしい。

（ただ、危険地域へは家族は連れて行かないでくださいよ）

海外へ飛躍する諸君、君たちの人生に大いなる発展と幸あれ！

24 帰国するぞ！

ニューヨークから東京への帰国はハワイ経由でした。

ハワイでささやかな休暇をしての帰国でした。

初めてのハワイで覚えているのは、海よりもホテルのプールで子供たちが楽しんで遊んだこと、拳銃の射撃体験で、ノブやんよりノブ嫁がずっと好成績であったことです。

ノブやんは的に弾が当たりませんでした……。

１９９１年４月の人事異動で、ノブやん34歳の時の帰国です。

帰国後の配属先は大企業担当の総合法人営業部でした。

ノブやんはそれまで１ヶ月の個人保険営業研修以外の営業経験がまったくありませんでした。ましてや法人営業などには関与したこともありません。

ドキドキ感と不安感いっぱいの法人営業スタートとなりました。


さて、22歳で保険会社の福岡支社で社会人スタートしてからの12年間の軌跡を語ってきました。ここまでがノブやんの青春編です。いかがでしたでしょうか。

次の本では、オーストラリアのシドニーでの駐在生活から、訳あって保険会社を退職するまでの、壮年期について語っていきたいと考えています。

できれば自宅転売で売却益を出してきた経緯にも触れたいですね。

まあ、飛躍あり、左遷あり……です。乞うご期待！

この「サラリーマン・ノブやんの奮闘記」の青春編に最後までお付き合い頂き、誠に有難うございました。読者の皆さんのご発展とご多幸をお祈り致します。

Many Thanks!　From Nobuya

完

著者プロフィール

村松 伸哉（むらまつ のぶや）

本名は秘密。1956年の大阪生まれ。現在東京都港区に住む。

京都大学卒業後に入社した大手生命保険会社を24年半勤務後に退職。退職後、居酒屋チェーンや外資系企業を含め計８回の転職を繰り返し、様々な職務と人生の浮き沈みを経験。そして今も初老の現役サラリーマンとして下座行中。

ニューヨークでの５年強及びシドニーでの２年半の不動産投資業務経験を通じて、海外でのビジネス交渉及び海外不動産投資に理解を深める。

また、中小企業診断士であり、CFP（Certified Financial Planner）でもある

サラリーマン・ノブやんの奮闘記 青春編

2020年９月15日　初版第１刷発行

著　者　村松 伸哉
発行者　瓜谷 綱延
発行所　株式会社文芸社
〒160-0022 東京都新宿区新宿１－10－１
電話 03-5369-3060（代表）
03-5369-2299（販売）

印刷所　株式会社フクイン

ISBN978-4-286-21868-7